AF295839

Attribué à J.-B. Dumas
d'Aigueberre, par M. Jules
Bonnassies, d'après Barbier.)

SECONDE LETTRE

DU

SOUFFLEUR

DE LA COMEDIE DE ROÜEN,

AU GARÇON DE CAFFÉ ;

OU ENTRETIEN SUR LES DEFAUTS
de la Declamation.

A PARIS ;

Chez TABARIE, Quay de Conti, à la descente
du Pont-Neuf.

M. DCC. XXX.

AVEC APPROBATION ET PERMISSION.

SECONDE LETTRE

DU

SOUFFLEUR

DE LA COMEDIE DE ROÜEN,

AU GARÇON DE CAFFE',

Ou Entretien sur les défauts de la Declamation.

DEPUIS ma derniere Lettre, il m'est arrivé une avanture, dont je crois que le récit vous fera plaisir.

Un de nos Comédiens & moi leur bien humble Souffleur, ayant fait partie de souper tête à tête pour philosopher à notre aise , nous fumes , après la Comedie , chez un Traiteur. La chambre où l'on nous mit, étoit voisine d'une plus grande, où étoit une compagnie de quatre personnes ; sçavoir , deux Conseillers de notre Parlement & deux Gentilshommes de Paris, qui alloient à Londres , où ils avoient déja demeuré quelque tems avec nos deux Conseillers. Une cloison separoit leur chambre & la nôtre , & nous entendions distinctement tout ce qu'ils disoient. Nous y fûmes d'autant plus attentifs , que sur la fin de leur souper , leur conversation roula sur la Declamation & sur les défauts ordinaires des Acteurs.

Voici quel fut leur début. D'abord nos Citoyens firent notre éloge , M^{rs} les Pari-

siens en convinrent fort poli-
ment , nous accordans même
au-delà de ce que nous pou-
vions mériter; mais étant entrés
peû à peu dans le détail , leurs
loüanges se trouverent presque
reduites à rien ; la conversation
s'anima bien-tôt, & l'un des
Normans épris des charmes de
l'une de nos Actrices , voulut à
toute force faire passer sa declamation pour admirable. La
compagnie lui accorda tout ce
qu'il voulut par rapport aux
charmes de la Comédienne, &
à ce qu'elle pouvoit valoir dans
un rôle particulier, mais on lui
refusa inexorablement tous
les talens pour la Scene publique. Vous jugés avec quel
feu il soûtint une cause à laquelle son cœur prenoit beaucoup de part. Il compara son
Heroïne à ce qu'il y a de meil-

leur fur notre Théâtre , & il rabaiffa les autres autant qu'il lui fut poffible. Sa vivacité divertiffoit fes Convives & nous auffi , quoiqu'au fonds mon Camarade ne fût pas fort content ; le fujet fut traité quelque tems en general & chacun dit fon fentiment. Enfin l'un des Parifiens qui me parut homme fenfé & de bon goût prenant la parole ; on applaudit , dit-il , & on blâme tous les jours par fimples préjugés. La bonne mine , un fon de voix , un air gracieux , quelques difpofitions qui femblent promettre, préviennent fouvent & captivent les fuffrages, celui-là eft rejetté par le même caprice qui fait grace à l'autre ; rarement a-t-on recours aux principes & à la raifon pour juger du merite d'un Acteur.

Pour moi, continua-t'il, je ne puis approuver que ce qui eſt *naturel*. Tout ce qui paroît outré dans l'un & dans l'autre genre me rebute, & j'ai autant de mépris pour un tragique bouffi & fanfaron, que j'ai de degoût pour un comique outré & farceur. Si vous voulés maintenant vous en rapporter à ce principe pour juger de vos Comediens, vous trouverez peut-être que les meilleurs n'entendent rien à leur profeſſion.

Mon Convive qui ne connoît que l'enflure & le ſon des vers, & qui comme bien d'autres, ne monte ſur le Théâtre que pour y faire hurler Melpomene, ne put ſouffrir plus long-tems une cenſure ſi ſevere à ſon amour propre (car il s'eſtime un peu) & rompant tout d'un coup le ſilence, Bûtons & chantons, me

dit-il , d'un ton de dépit , peut-
être ferons-nous taire ces impi-
toyables difcoureurs , qui pen-
fent fçavoir notre métier mieux
que nous.

Eh! modérés, Seigneur, cette fureur extrême,

Lui dis-je , quand vous vous
emporterés, en ferés-vous moins
digne de cenfure ? penfés plus
jufte & entendés mieux vos in-
terêts : vous êtes mon ami , con-
tinuai - je , & je fuis ravi que
vous trouviés le moyen de vous
corriger de cet orgüeil fi com-
mun aux Comédiens , qui ne
veulent jamais qu'être applau-
dis : croyés-moi , voici une oc-
cafion de profiter , faififfez-là ,
& prêtez-vous de bonne grace à
écouter des gens qui ne parlent
ni par paffion, ni par jaloufie de
métier , & qui ont plus d'interêt

rêt à vous perfectionner qu'à vous nuire.

Ce raisonnement le remit. Nous nous rapprochames de la cloison, & nous entendimes que le même Cavalier qui avoit toujours suivi son discours, pendant le transport indiscret de mon ami, fut interrompu par l'Amant de la belle Actrice: Ma foi, dit-il, je n'y cherche point tant de finesse; lorsqu'un Comédien me touche ou me réjoüit, je le crois bon Acteur. La regle seroit indubitable, reprit son ami, si tout le monde étoit du même goût, ou si, comme je l'ai déja dit, on étoit indifferent pour l'Acteur; mais comme l'on est souvent prévenu, il faut convenir d'un principe, par lequel on puisse juger du merite des personnes par les choses. Or la nature seule a le pouvoir d'agir fur les cœurs, de les ouvrir, de les refferrer, de les attendrir; ce n'eft qu'en l'imitant qu'on peut produire les mêmes effets. Une Actrice dont les yeux charment le cœur, prévient facilement l'efprit. Ceux qu'elle touche réellement la croyent touchée de ce qu'elle dit. Même dans la fiction les malheurs d'une perfonne aimée, quoiqu'exprimés foiblement, font capables d'exciter nos larmes, mais ceux que le charme n'a point féduit en jugent autrement. J'écoute avec froideur & dégoût une Actrice qui ne prend aucune part à ce qu'elle dit ou ce qu'elle fait, qui ne cherche qu'à fe délivrer au plûtôt de fon rôle comme d'un fardeau, & à s'acquitter envers le public du foin dont elle a chargé fa mémoire. Il n'eſt point naturel qu'une Princeſſe nous rendent ſenſible à des peines qu'elle ne reſſent point elle-même , & dont elle nous fait le récit avec indifference ; au contraire ſi nous voyons couler ſes larmes, elles nous attendriſſent, & nous prenons à ſes malheurs autant d'interêt qu'elle même. *Il faut donc qu'un Acteur paroiſſe tel qu'il veut me rendre.*

Pour me tirer des pleurs , il faut que vous pleuriez ;

Mais il ne ſuffit pas de feindre de la douleur, de la haine, de la joye, de la colere, & d'ajuſter quelque grimace à ce que l'on prononce pour échauffer & remuer le cœur de ceux qui écoutent. Un Acteur me paroît inſenſible au milieu d'une douleur *qui paroît empruntée. Il faut que la paſſion pour toucher veritable-*

ment imite réellement la nature & soit vrai-semblable.

Melle D. C. disent nos anciens, fut dans son tems une Actrice parfaite ; je le veux croire, mais on me permettra d'en juger au goût du nôtre, & d'examiner, non pas ce qu'elle a été dans sa jeunesse, mais ce qu'elle est aujourd'hui. J'avoüe qu'elle apporte encore beaucoup de graces & d'action sur le Théâtre. Elle s'éleve, s'irrite, s'enflâme, se plaint & gémit fort à propos. Mais elle péche dans ce qu'il y a de principal. Elle ne produit point les mêmes effets dans les cœurs de ceux qui sont présens. C'est que son feu n'a point de vrai-femblance ; elle ne paroît plus sentir, mais reciter avec emphase & avec les démonstrations necessaires. En un mot, c'est l'art, la méthode & l'habitude , & non pas la nature qu'on voit agir en elle. Voilà du moins comme je la trouve dans les premiers Actes, où elle est pour ainsi dire encore resserrée par le froid de la vieillesse ; mais sur la fin d'une piece elle réüssit beaucoup mieux. Alors réchauffée par la durée de l'action , elle reprend sa premiere vigueur , & se montre telle qu'elle a été sans doute pour mériter un si grand nombre de partisans. (1) L'art & la mé-

(1) Le mot d'art peut souffrir differens sens , selon les differentes applications. Où il signifie tout ce qui concerne une operation en general, comme l'on dit , *l'Art de peindre, de declamer , de faire un discours* ; ou l'on s'en sert pour opposer des qualités superficielles à celles qui sont solides , des talens acquis à des dispositions naturelles , ou pour marquer une fausse imitation de la nature fondée sur les observations de l'esprit plûtôt que sur les sentimens du cœur ; ou enfin pour distinguer cette partie d'un *Art* qui regle, conduit & per-

thode ne fuffifent donc pas pour rendre la paffion vrai - femblable. Il faut des fentimens ; c'eft au cœur à les puifer dans la nature. L'efprit avec fes réflexions & fes efforts n'a pas droit d'y prétendre ; fouvent même au lieu de conduire au but, il fait

fectionne l'autre. Ce mot peut avoir encore d'autres fignifications qui n'ont point lieu dans cette Lettre.

Si j'entre dans ce détail, ce n'eft point que je doute que le Lecteur ne foit affés fenfé pour en faire l'application de lui-même ; mais c'eft pour répondre à l'objection d'une perfonne intereffée qui reproche à l'Auteur. 1°. D'avoir donné differens fens à cette expreffion, & d'être par confequent tombé en contradiction avec lui-même. 2°. D'avoir diftingué l'Art & la Nature, comme fi, dit-il, l'Art ne renfermoit point la Nature. C'eft neanmoins un homme du métier qui prend ainfi le change ; mais homme lettré, verfé dans les Mufes Grecques & Latines, & qu'il n'a pas feulement étudié pour la fpeculative. Au refte, que fon fentiment prévale ou non, il n'eft pas à propos que le Public en foit convaincu. Que veut-il qu'on eftime en lui fi l'on ne doit point diftinguer l'Art & la Nature ?

prendre une route toute contraire.

Waltniq , que nous avons tous vû à Londres , en eſt un exemple bien ſenſible. Jaloux de ſa propre ſuffiſance , il n'a voulu imiter perſonne. Il s'eſt formé ſur lui-même. Il auroit pû faire un bon original , mais il a perdu le fruit de ſes talens par ſon affectation. Perſuadé qu'il faut être touché pour émouvoir les autres , il fait con-noître qu'il ne l'eſt pas, par ſon application continuelle à le pa-roître. Tout parle chez lui, tout veut ſe faire ſentir, tout l'arrê-te , & augmente ſa douleur ou ſa crainte. Un hemiſtiche , un mot aura ſon ſoûpir, ſon geſte, ſon mouvement particulier ; en-fin il affecte (1) de montrer tant

(1) Quand il croit être au bout de ſon feu, il frappe ordinairement du pied. C'eſt là le ſi-

de paſſion qu'on n'y voit plus de
vrai - ſemblance. Il fait plus.
Non content de ſe plaindre ou
de s'enflammer comme le Héros, il ſe livre à ſes tranſports
avec l'enthouſiaſme d'un auteur
qui compoſe ; il ouvre la bouche comme lui, peſe avec effort
ſur ce qu'il prononce, fait ſentir l'énergie des expreſſions, le
brillant des penſées, & releve
avec emphaſe la nobleſſe des
ſentimens. Avec tout cela Waltniq s'imagine copier d'après
nature. Il ſe trompe lourde-
ment, ce n'eſt point là le lan-
gage du cœur, mais de l'eſprit
& de l'amour propre.

Ce mauvais goût dont il eſt
charmé, & auquel il s'attache
avec complaiſance le fait tom-

gnal. Alors comme un autre Anthée, il s'a-
nime & reprend de nouvelles forces.

ber

ber dans une étrange confu-
fion. A force d'outrer les cho-
fes, il exprime la douleur comme le défefpoir ; il gemit avec
violence, foûpire comme s'il
enrageoit, il ferre les dents &
meurtrit, pour ainfi dire, fes ex-
preffions, comme un homme
qui fouffre, & qui n'ofe éclater.
La douleur eft un fentiment de
nos maux qui ne nous remplit
que de trifteffe & d'abattement.
Il y a quelque chofe de plus
moderé dans les plaintes, les re-
grets & les gemiffemens. Cet
Acteur n'eft point plus naturel
dans la tendreffe. Il donne à
cette paffion tout ce qui convient à la douleur. Dès qu'il ai-
me & qu'il commence à le de-
clarer, il groffit fes épaules, il
gemit, il pleure; eft-ce là le caractere de l'Amour? L'Amour
eft timide, impatient, il foû-

pire, languit, s'enflamme, mais il n'a point cet air pleureur, niais, enfantin, qui rend & l'Acteur & la paſſion ridicules.

Ainſi Waltniq détruit le vraiſemblable & le caractere des choſes par ſon affectation. (1) Voyez - le entrer ſur la Scene. Il veut paroître grand, noble & majeſtueux. Ce n'eſt qu'enflure & orgüeil. Trop occupé de ſon rang, il confond ce qui eſt propre à la perſonne avec ce qui convient à la dignité. A peine diſtinguera - t'il la foibleſſe de Pruſias & l'autorité de Mitridate. Ptolomée eſt plus haut que Céſar, Darius le ſera autant qu'Alexandre. Un moment

____

(1) Nous avons vû depuis peu tomber une Tragedie qui auroit eu plus de ſuccès, s'il avoit moins outré ſon rôle. Mais on n'a pû ſouffrir un Philoſophe plein de fureur & d'emportement.

après il ne conferve plus rien de toute cette grandeur; veut-il exprimer une paffion, il s'y livre fans referve, il oublie ce qu'il repréfente, & ne fonge qu'à ce qu'il veut faire fentir; en forte qu'on ne reconnoît ni le Roi, ni l'homme paffionné, mais un Comedien qui s'efforce de fe faire admirer (1).

Quelle difference de cet Acteur avec le vieux Baron ! Quelle fimplicité, quelle vrai-femblance dans celui-ci ! Mais que cette fimplicité étoit majeftueufe ! Il fembloit à l'aifance avec laquelle il foûtenoit fes caracteres auguftes que la grandeur

(1) Dans le Comique, il tombe dans un défaut femblable ; il envie les fonctions du bas Comique aux derniers rôles, & leur derobe le ridicule par des grimaces qui ne conviennent point au caractere d'amant. Ces affectations ne peuvent plaire tout au plus qu'à un fpectacle des Dimanches.

lui fût naturelle, qu'il fût né pour commander les autres. En un mot, on l'eût pris pour le Prince même au milieu de fon Palais. Bien éloigné d'appuyer fur chaque vers & fur chaque mot, & de faire briller avec affectation les beautés qui pouvoient frapper, il ne montroit les penfées que par les fentimens, ou s'il relevoit quelque fens ou quelque expreſſion, c'étoit de celles qui femblent cachées & qui ne fe produifent point affés d'elles mêmes. Lorfque cet Acteur foûpiroit, fe plaignoit, aimoit, entroit en fureur, tous fes mouvemens étoient tels que fon amour, fa fureur fa crainte &c. paroiffoient veritables. Il fçavoit caracterifer toutoutes ces paffions parce qu'elles ont de particulier, & non feulement il ne les confondoit point les -unes avec les autres , mais il les diſtinguoit en elles-mêmes par mille circonſtances propres aux perſonnages dont il étoit revêtu ; on decouvroit même au milieu deſes tranſports un combat du Héros & de l'homme paſſioné, de ſa fermeté naturelle & du penchant qui l'entraîne ; enfin un mélange de ſa grandeur & de ſa foibleſſe. Voilà, ſi je ne me trompe, ce qui a rendu cet Acteur ſi celébre (1).

C'eſt pareillement ce qui nous a fait tant admirer Mademoiſelle le Couvreur. Quelle

(1) J'ai remarqué un trait qui met cet Acteur au-deſſus de tout ce qu'on en peut dire, & qui fait connoître combien il étoit ſuperieur à tous ceux qui parurent avec lui ſur le Théatre. Il arrivoit ſouvent que le ſpectateur étoit ſi charmé de ce qu'il venoit de reciter qu'il oublioit d'applaudir. On reſtoit immobile alors, on n'entendoit qu'un foible murmure, & on ſe diſoit tout bas, & avec admiration : *O que cela eſt beau ! Que voilà bien declamer !*

Actrice ! Quel regret pour tous
les amateurs de la Comedie !
Quelle perte pour le Théâtre !
Ce qui nous y rend si sensibles,
c'est qu'elle n'avoit pas encore
épuisé tous ses talens ; on ne
peut douter qu'elle n'eût été
beaucoup plus loin , quoiqu'elle satisfît entierement ; enfin on
la voyoit croître & se perfectionner tous les jours , & comme on lui supposoit encore une
longue carriere , on ne mettoit
aucunes bornes à ce que l'on en
pouvoit attendre. Il me paroît
que vous en parlés en homme
bien interessé , reprit l'Amant
de la belle Comedienne ; n'au-
riés-vous pas eu aussi quelque
tendre préjugé pour Mademoiselle le Couvreur ? Je n'ai jamais connu que l'Actrice en elle, reprit notre censeur ; ainsi
je ne regrette point ses char-

mes, mais ſes grandes qualités pour le Théâtre. Or je dis qu'à la voix près qu'elle corrigeoit heureuſement, Mademoiſelle le Couvreur ſembloit née pour ſa profeſſion. On admiroit ſes graces ; ſes attitudes étoient no-bles & naturelles ; rien de plus varié que ſes tons, elle donnoit à ſes bras des charmes inimita-bles. Tout ceci dépend de l'Art & ſuffit pour plaire quand on ſçait s'en ſervir à propos, mais el-le avoit d'autres talens pour ou-cher. Jamais elle ne ſe préſentoit ſur le Théâtre qu'elle ne parût penetrée. Ses yeux annonçoient ce qu'elle alloit dire, ſa crainte & ſes ſoûpirs étoient peints ſur ſon viſage. Au ſurplus, elle diſ-poſoit à ſon gré de ſon cœur & de ſes ſentimens. (1) Elle paſ-

____

(1) Ceux qui ont vû cette Actrice dans Phedre, Mitridate, & quelques autres pieces où elle ſe ſurpaſſoit, conviendront aiſément

ſoit ſans peine de la violence à une tranquillité parfaite , de la tendreſſe à la fureur , d'une frayeur ſubite au deguiſement , &c. Son viſage étoit ſucceſſivement ſerein , troublé , ſoumis , fier , abbatu , menaçant , emporté , plein de compaſſion. Dans tous ces mouvemens le ſpectateur la ſuivoit ſans réſiſtance; il étoit auſſi touché qu'elle même , ſa ſurpriſe ſaiſiſſoit , on craignoit , on gemiſſoit , on trembloit avec elle , on pleuroit même avant que de voir couler ſes larmes. Cela n'eſt point ſurprenant , c'eſt qu'on ne voyoit rien en elle qui ne parût réel & effectif. Sa voix ſembloit

de ce que l'on en dit ici ; il eût été a ſouhaiter qu'elle ſe fût moins abandonnée à ſes caprices ; mais elle étoit ſouvent differente d'elle-même, ſon jeu n'étoit point ſoûtenu . il falloit qu'elle fût animée ou par quelque rôle qui lui plût , ou par quelque objet intereſſant.

moins s'exprimer que son cœur. Mais elle accordoit toûjours la passion avec le caractere general, sans jamais oublier l'un pour l'autre. Elle étoit noble au milieu de ses transports, sa fierté égaloit celle de son personnage sans l'outrer; Phedre étoit livrée à ses fureurs & à son amour sans être au-dessous de sa grandeur.

C'est particulierement cette attention à conserver les doubles caracteres qui fait, pour ainsi dire, disparoître le Comédien pour ne montrer que le Héros.

Chez les anciens, on ne paroissoit sur la Scene qu'en masque. Ce déguisement deroboit à la verité la moitié de la passion; mais comme il rendoit l'Acteur méconnoissable; il étoit plus aisé de lui substituer

le Héros dont il tenoit la place.
Nous ne sommes plus dans le
même usage, & en gagnant d'un
côté nous perdons de l'autre.
Cette erreur qui fait tout notre
plaisir dépend donc de la res-
semblance dans laquelle on présente les images de ces Rois dont
on veut que nous plaignions les
malheurs. Un Tableau du Sa-
crifice d'Iphigenie me rebute
au lieu de me toucher, s'il outre ou s'il diminue l'idée que je
me suis formée d'Agamennon
& des autres. Mais si j'y découvre au naturel la fureur d'A-
chille, la rage de Clytemnestre
qu'on écarte des Autels, la douleur & l'accablement d'Agamemnon, la compassion de Nes-
tor, la soumission, la fermeté,
l'innocence & les soupirs étouf-
fés de la Princesse ; alors j'aide
à me tromper moi-même, je ne

crois plus voir un Tableau , je subſtitue les perſonnes aux images.

Les Comediens ſont les images vivantes des Héros. Pour les faire revivre à mes yeux , qu'ils paroiſſent ſur leur Théâtre comme ces Princes auroient parû dans leurs Palais. Uniquement occupés de leurs malheurs , de leurs haines , de leur fureur , qu'ils laiſſent à la nature le ſoin de faire ſentir leurs ſoupirs & leurs tranſports , ils paroîtront alors vrai - ſemblables. Voilà la ſource de ce naturel que l'on a tant admiré dans Baron , & qu'on ne doit point confondre avec cette ſimplicité qui lui étoit particuliere. On ne doit point , dis-je , confondre le *ſimple* avec le *naturel*. L'un conſiſte , comme je l'ai déja dit , à imiter la nature , à

fuivre dans la haine, la douleur, &c. les differens mouvemens qu'elle excite dans les
cœurs; à fe reprocher le plus
qu'on peut du Héros, à copier
fidélement fon caractere, à fe
metamorphofer en lui, & à paroître ou tel qu'il étoit, ou tel
que le Poëte l'a formé. Le *fim-*
ple confifte à reduire la gravité
du cothurne & la majefté des
Rois; à les rapprocher de la
pratique ordinaire des autres
hommes; à les rendre, pour
ainfi dire, un peu plus popu-
laires, en ôtant au gefte, à la
voix à la prononciation, un certain éclat qu'on peut fuppofer
dans la perfonne des Rois, & qui
paroît convenir à l'idée de leur
grandeur. Enfin cette fimplicité
étoit du goût particulier du
Sr Baron, que je n'ai garde
de blâmer, mais dont je ne vou-

drois point faire une loi pour les autres. Elle a pû plaire dans cet Acteur, parce qu'elle convenoit à son âge, & souvent aux personnages dont il étoit chargé ; mais il n'est point naturel qu'elle produise le même effet dans de jeunes Acteurs tels que les Srs Grandval, Dufrêne, le Grand, surtout quand ils joüeront des rôles de jeunes Héros, tels que Pirrhus, Oreste, Nicodeme & Achille ; elle semble même contraire à leurs caracteres & détruire le vraisemblable. Melle le Couvreur qui s'est formée sur Baron, se contentoit d'être naturelle sans trop affecter cette simplicité. Elle évitoit l'enflure, mais elle ne descendoit jamais au-dessous de la grandeur héroïque. Elle étoit simple, si vous voulez, parce que la nature a quelque chofe d'aifé qui approche de la fimplicité, mais non pas fimple, comme le Sr Baron. Le fonds de fon jeu étoit naturel, elle rejettoit tout ce qui peut paroître outré, recherché, ambitieux; mais elle ne lui réfufoit point certain ornement capable de rendre l'action plus brillante & plus majeftueufe: enfin pour exprimer entierement ce que je penfe, je comparerai le goût de la declamation à celui de la parure dans les Dames, & je dirai que fans tomber dans l'excès des unes qui accablent leurs vifages d'un mélange de coloris empruntés, ni dans l'indifferen-ce des autres qui méprifent tout ce qui eft étranger à la na-ture, elle imitoit celles qui relevent avec modeftie l'éclat de leur beauté naturelle. En effet,

le *simple* n'eſt neceſſaire qu'autant qu'il faut éviter l'enflure
des vers ; le *naturel* eſt d'une
neceſſité indiſpenſable dans tou-
tes ſes parties.

J'avouë, dit un des Convives,
qui n'avoit point encore parlé,
que le vraiſemblable a de grands
avantages. Remarqués cependant que M-n. m. n-l n'eſt point
auſſi goûté qu'il eſt naturel, &
que S-rr-z-n lui-même eſt
moins applaudi que bien d'autres. Ce que vous dites eſt vrai,
reprit le Cenſeur, & ne con-
clut rien contre ce que j'avan-
ce. Pour toucher vivement il
ne ſuffit point d'avoir des ſentimens ; il faut que ces ſentimens
ſoient vifs & animés. Je ne ſuis
point ſurpris que S-rr-z-n ne
touche que foiblement. Il eſt
vrai que c'eſt un Acteur ſenſé,
qui cherche la nature qui étu-

die son caractere, qui connoit le bon goût, & qui s'efforce d'y atteindre, mais il lui manque bien des talens necessaires ; il n'a ni art ni methode, ni (1) geste, ni maintien. D'ailleurs l'idée que vous en avés n'est point juste, il joüe avec plus de réflexion que de sentimens ; ses yeux ne disent rien, son visage est toûjours le même, il n'accompagne point ce qu'il prononce de ce jeu de Théâtre, qui donne de la vrai-semblance aux paroles, & de l'éloquence au silence même ; il n'a rien de cette action müette qui declare ce qui se passe au fonds des cœurs, & qui découvre les inquiétudes, la douleur & les impatiences. Jusqu'ici il n'y a

(1) Un homme d'esprit dit un jour en plaisantant sur cet Acteur, qu'il gesticuloit comme un Timbalier.

point

point de rapport entre cet Acteur & ce que vous venez de dire. Il réüssit mieux dans certains rôles favoris, tels que ceux d'Agamemnon, d'Atamas & de Don Diegue ; c'est alors qu'il tombe dans ce défaut. Il toucheroit s'il étoit animé ; mais il est bien au-dessous de ce qu'il devroit être en exprimant la tendresse de ces peres malheureux ; le spectateur est attendri, mais il sent qu'il manque quelque chose à sa douleur ; ses larmes sont prêtes à couler, mais il a le tems d'y réflechir & de les arrêter. Quelle peut-être la cause d'une émotion si lente ? C'est que l'Acteur n'occupe point assés celui qui l'écarte. Il a des sentimens pour lors, mais il manque de feu (1).

(1) Quelques personnes soûtiennent que cet Acteur ne manque point de feu, qu'il est

Le sieur D. est d'un genre bien different, ou pour mieux dire, ces deux Acteurs sont opposés l'un à l'autre, & dans leurs talens & dans leurs défauts. Celui-ci a beaucoup de graces sur le Théâtre. Il se présente avec grandeur (1), sa physionomie est agréable, ses bras fort beaux, son geste est noble (2), ses at-

a même beaucoup ; mais que son feu n'est n'est point sensible, parce qu'il n'a point d'ame. Premiérement, je crois qu'on peut avoir de l'ame sans feu, mais on ne peut avoir un veritable feu sans ame ; ainsi la critique tombe d'elle-même ; d'ailleurs j'ai peine à croire que cet Acteur ne sente point ce qu'il dit : il est vrai que son visage est muet & n'indique rien. Mais ce n'est point une preuve qu'il n'ait point d'entrailles. Tous les visages ne sont point soumis aux différens mouvemens du cœur. J'ai suivi dans mon sentiment celui du Public.

(1) Quelquefois avec trop d'affectation, il se présente lui-même, & rarement le Héros.

(2) Mais il n'est point toujours placé avec jugement. Il en a de trop repetés. Souvent il bat des mains comme pour préluder aux applaudissemens. Il a pris la mauvaise habitude de se frotter le nés ou lorsqu'il entre sur le

titudes un peu trop affectées ,
sa voix ferme (1) & très-éten-
duë , sa declamation animée,
soûtenuë d'un feu brillant.
Cela suffit pour plaire , mais
non pas pour toucher. Ce feu
qui est son principal talent, paroît toujours naturel en lui-même , parce qu'il n'est jamais interrompu, & qu'il n'abandon-
ne point l'Acteur au besoin ;
mais il l'emporte souvent au-
delà des bornes. Il le précipite,
l'étourdit, l'empêche de sentir,
il outre le caractere, & lui fait
(2) perdre le sens des choses.
Neanmoins il étonne, il occupe & trouble le spectateur, l'Ac-

Théâtre, ou lorsqu'il y est désœuvré pendant
le discours de son Interlocuteur.

(1) Cependant il s'y rencontre souvent
des vuides , & si j'ose m'exprimer ainsi , des
hiatus.

(2) Il n'y a presque point de couplet dans
Pyrrhus, où il ne fasse un contre-tems.

teur plaît souvent au milieu de ses défauts (1). En effet, ce beau feu qui en est la source est une qualité si essentielle dans un Acteur & si favorable sur la Scene, qu'on pardonne aisément d'en avoir trop, mais on ne pardonne jamais de n'en avoir point assez.

Personne n'est plus exact, plus regulier, plus naturel que le sieur M - M. N. Qu'on le suive dans toute une piece, à peine pourra-t'on trouver où il a manqué; cependant il est rarement goûté. Je crois que le caprice & la prévention des Spectateurs y ont beaucoup de part, mais voyons-en la cause telle qu'elle peut venir de lui-même. Je trouve d'abord qu'il

(1) Il réüssit beaucoup mieux dans le Comique, son feu paroît plus naturel & mieux soûtenu.

a la physionomie trop heureuse
pour les caracteres du bas-Co-
mique, ce manque de vrai-semblance sert beaucoup à détruire
l'impression qu'il pourroit faire, au surplus il n'anime point
assés ses personnages ; il les re-
présente precisément tels qu'ils
doivent être sur le Théâtre ; il
ne songe point qu'ils ne sont in-
troduits sur la Scene que pour
divertir par leur façon d'agir &
par leurs plaisanteries grossieres;
or que peut devenir la saillie
d'un valet, si elle manque de vivacité ?

Qu'est-ce qui attire tant d'a-
plaudissement à Mademoiselle
Q n-t. Ce ne sont point les
qualités qui lui sont communes
avec bien d'autres : elle a des talens, mais elle a des défauts (1)

____

(1) Elle affecte de joüer avec esprit , son
enjoüement est outré; le discours est toujours

& on s'en riroit si elle avoit la
pesanteur & le froid de Mad.
D – b – c – g. Mais ce qui charme en elle , & qui fait oublier
ce qui pourroit choquer , c'est
cette volubilité de langue , cet
air opiniâtre lorsqu'il faut con-
tredire , quelque chose de mu-
tin dans sa voix & ses gestes ; enfin cette grande vivacité qui
soûtient & anime tout ce qu'elle
fait & tout ce qu'elle dit. Elle est
assés bonne Actrice pour les rôles de Soubrette ; elle est exce-
lente pour ceux de caracteres
animés , (1) & elle vaut en ce
genre presque tout ce qu'on
peut valoir.

en deçà de ce que sa mine promet.

(1) Les rôles de caracteres sont ceux d'a-
vares , de capricieux , de mechantes femmes,
d'esprit de contradiction ; comme le Misan-
trope, Harpagon, la Comtesse dans le joüeur ,
Celiante dans le Philosophe marié , Agnés
dans l'école des femmes , &c.

Si Mad. D-n-g-v-ll. conti-
nuë comme elle a commencé,
Paris fans doute voudra toujours la voir dans les rôles de
foubrette. Il y a quelque chofe d'imparfait dans fon jeu ;
mais on y découvre une fineffe,
une délicateffe que nous n'a-
vons vû que dans Mademoifelle
D. elle n'eft pas égale. Quelquefois elle fe livre trop à fa vivacité, quelquefois en voulant
éviter ce défaut elle tombe dans
celui qui lui eft contraire, mais
elle eft encore fort jeune, &
l'on peut tout efperer de fes difpofitions. Il eft vrai que jufqu'ici
nous ne l'avons prefque point
vûë abandonnée à elle - mê-
les mêmes tons & les mêmes
me. On reconnoît en tout les
leçons de fa maîtreffe, ce font
geftes ; mais c'eft beaucoup que
de devenir, en imitant, auffi par-

faite qu'un ſi parfait modéle(1).

Revenons à notre but. Un
Acteur ſans feu dans le tragique, & ſans vivacité dans le
comique eſt un corps ſans ame.
Puis donc que celui qui eſt entierement froid nous laiſſe dans
l'indifference, plus on partici-
pe à ce défaut, plus on doit par-
ticiper à notre dégoût. Mais
comme dans les premiers on ne
peut ſouffrir de tranſports ou-

(1) Le nouvel eſſai que Mademoiſelle
D - n - g - v - ll vient de faire dans le tragique fait eſperer qu'elle pourra devenir égale en tout à Mademoiſelle D - m - r. Quelques-uns même vont plus loin, & comptent
qu'elle pourra dans quelques années rempla-
cer Mademoiſelle le Couvreur. Je le ſouhai-
terois, & pour la ſatisfaction du Public &
pour celle de l'Actrice même; mais je crois que
ſes charmes previennent trop en ſa faveur.
Elle a de grands talens; la plûpart de ſes défauts ſont même très - aiſés à corriger. Mais
s'il m'eſt permis de decider ſur l'avenir, je
penſe que ce ſera beaucoup pour elle de joüer
bien dans le tragique & parfaitement dans le
comique. Cette gloire eſt rare & lui doit ſuffir,
tres-

trés qui choquent la vrai-semblance, on ne doit point excuſer dans ceux-ci les farces & les bouffonneries.

Le ſieur A. ſeroit bon Acteur s'il avoit moins conſervé le goût des Théâtres ambulans. Il eſt plein de vivacité, il a des talens pour plaire & pour divertir, & ils ſont fort étendus. Perſonnages grotesques, traveſtis, de valets, de garçons, d'ivrognes, &c. tous lui conviennent, & il eſt aſſés propre à tout. Il y a même de ces caracteres où il ne paroît point joüer en Comedien. Mais il ne profite point de ces avantages. Il conſulte moins la nature que ſon premier goût. Le Blaiſe de la Comedie reſſemble ſouvent au Pierrot de la Foire, il s'attache toujours aux bouffonneries, il en mêle par tout, & ne veut plaire que par-

E

là. Il pourroit être bon Comedien, mais il n'eft que bon farceur.

Le fieur L. T. eft fans contredit le meilleur Acteur de fon genre. Il a étudié fous un grand maître, & de tous ceux que Moliere a formé aucun n'en a mieux profité. Efope lui-même paroîtroit moins Efope que lui. On ne peut mieux demafquer l'air hypocrite d'un faux dévot. Il repréfente au naturel les naïvetés, les manigances, les petites familiarités, & tout le ridicule d'un valet. Un gefte, un mouvement, une attitude, un clin d'œil, tout parle en lui, tout eft conforme à ce qu'il joue. Moliere fans doute s'en tenoit là. Peut-être même alloit-il un peu plus loin, que le vrai; car on ne craint rien de prêter du fien, ou d'encherir un peu fur de tels perfonnages , parce que le fpectateur qui en a fouvent été la dupe fe les figure volontiers plus ridicules qu'ils ne font. Mais l'excès eft blamable en tout. La bouffonnerie fort du naturel & de la bienféance. Le fieur L. T. tombe fouvent dans ce défaut , & non content de plaire par fes heureux talens , il charge fes caractcres de mille circonftances qui ne font point vrai-femblables. Il cherche à fe faire applaudir par fes grimaces. Il eft vrai qu'il y réüffit quelquefois ; mais ce qui lui attire le fuffrage des uns, le fait méprifer des autres. C'eft à lui de choifir les gens à qui il veut plaire. Comme on diftingue les premiers & les derniers rôles, je crois qu'on peut diftinguer auffi deux fortes de parterre , & dire le *bas par-*

terre comme on dit *le bas comi-*
que. La Comédie eſt ſouvent
remplie de gens ſans goût qui
ne ſçavent rire que d'une far-
ce, d'une pointe & d'une poliſ-
ſonnerie. La foire leur convien-
droit mieux qu'un ſpectacle
plus ſerieux. Cependant comme les plus fous ſont toûjours
les plus hardis & les plus
prompts à juger, c'eſt ſouvent
une ſemblable cohuë qui ſiffle
ou qui applaudit au premier caprice. Doit-on s'en rapporter
à de pareils Cenſeurs?

Ce ſont neanmoins de tels
ſuffrages qui ont perdu des Acteurs qui auroient pû devenir
excellens. Il n'y a peut-être point
de Comédien qui ait tant de talens & plus de défauts que le
ſieur Q. il auroit pû corriger
les uns & ſe perfectionner dans
les autres, mais prévenu par des

applaudissemens insensés. Il paroît content de lui - même, il neglige ce qu'il devroit perfectionner, & s'affermir tous les jours dans ce qu'il devroit détruire. C'est dommage qu'avec de si belles dispositions il ait un si mauvais goût. Il est pourtant vrai que l'on a quelquefois sujet de l'applaudir; ce n'est point qu'il soit alors differend de lui-même, mais ses défauts se changent en merite selon les occasions. Par exemple la suffisance (1) d'un Philosophe s'ajuste assés bien avec l'enflure qui lui est devenuë naturelle. Il excellera

(1) Neanmoins je ne sçai si l'Auteur du Philosophe marié en a été content, je lui ai entendu reciter à lui-même quelques endroits de ce rôle. Quel jeu! Quels tons! Si on reprochoit à Baron de ne parler que du nez, on peut dire de cet Acteur qu'il ne parle souvent que de la gorge. On me dit dernierement qu'il avoit gagné une esquinencie en joüant le Philosophe marié.

toûjours en exprimant la rage & la noirceur d'un tiran qui ne respire que le crime ou la cruauté ; il se surpasse dans Admete & Alceste, où il joüe le rôle du Grand Prêtre. L'ambition couverte & la sceleratesse deguisée de ce Pontife est susceptible de certains mouvemens ausquels cet Acteur s'est accoutumé. Ils sont outrés , mais absorbés en eux-mêmes, ce sont des transports pleins de rage , mais d'une rage étouffée qui ne produit point une violence éclatante ; à laquelle il ne pourroit atteindre.

L'observation que vous venez de faire , dit un des Convives , m'en fait faire une autre. Je crois qu'il arrive souvent que les Acteurs ne manquent de plaire que parce qu'ils ne sont pas employés selon leurs talens.

La remarque eſt judicieuſe, reprit le Cenſeur , tels Acteurs
ſont eſtimés dans certains rôles , qui pourroient être & ſont
effectivement méprſés dans
dans d'autres. Ainſi l'un des
premiers ſoins des Comédiens
devroit être de connoître de
quoi ils ſont capables. On deſti-
ne à Mle D. ſ F. les rôles de Mle
le Couvreur. C'eſt en faire un
grand éloge que d'en avoir une
ſi haute idée. Il eſt vrai qu'elle
a peu de défauts & beaucoup
de diſpoſitions ; ſa declamation
n'eſt point forcée , elle jouë avec
goût , mais avec moins de ſentimens que de réflexions. Ses
tons ne ſont point aſſés variés.
Elle pourra devenir une grande
Actrice en s'appliquant beaucoup , mais elle eſt encore bien
éloignée du but où elle doit
parvenir pour égaler celle à qui
E iiij

elle fuccede. Je ne fçai même fi
elle doit prétendre à fes rôles.
La majefté d'une premiere
Princeffe, la violence des grandes paffions, femblent difpro-
portionnées à fa taille, à l'é-
tenduë de fa voix, à fon tem-
peramment (1). La douleur &
la jaloufie fecrette d'Eryphyle
font convenables à fon caractere, parce qu'elles ne doivent
point éclater. Hermione fe foû-
tient moins dans fa bouche.
Cette Actrice ne manque point
de feu, mais fes forces ne répon-
dent point à fa vivacité. Il lui
faut de la tendreffe, des foû-
pirs, une paffion douce & moins
emportée.

Le fieur G-v. fera bien Itis,
Britannicus, Melicerte ; il peut

____

(1) On fera cependant bien obligé de lui
donner ces grands rôles faute d'autre Actrice
qui puiffe mieux faire.

suffire aux doux tranſports, aux feux & aux allarmes des Amans; il anime leur douleur & leur tendreſſe. S'il s'en tient à des ſemblables rôles, il n'a plus qu'à ſe perfectionner, mais s'il veut atteindre à celui d'Achille, il faut qu'il acquiere de nouveaux talens; Achille eſt bien au-deſſous de lui-même dans ſa bouche; ſes menaces ne font point d'impreſſion, ſes ſermens & ſa fureur ne raſſurent & n'intimident point; on ne voit point ce héros inexorable qui ne connoît de loi que ſa valeur & ſon épée. Ce n'eſt point la faute de l'Acteur, il eſt bon ſujet d'ailleurs, mais puiſque la nature ne l'a point formé pour repréſenter Achille, il auroit tort d'y prétendre.

Le ſieur D. eſt toûjours chargé des rôles d'Apoticaire, de

Niais feints ou effectifs. C'est son fait (1) ; il s'en acquite parfaitement, s'il n'en faisoit point d'autre il n'ennuiroit point l'especteur , & il auroit le plaisir de ne jamais paroître sans applaudissemens.

Je ris aussi volontiers que le sieur D. Ch. lorsque je le vois rire lui-même. Il est l'image naturelle d'un gros Financier, d'un Marchand interessé. C'est assurement un bon Acteur dans le comique, lorsqu'il est placé à propos , mais qu'en peut-on penser lorsqu'il joué dans le tragique. Il fait Osmin dans Bajazet. En verité je souffre autant que je me réjoüis en l'y voyant ; il a tout l'air d'un homme que

(1) Ces caracteres lui sont si naturels qu'il joué tous les autres rôles dans le même goût , & j'ose assurer que si par un cas impossible il se trouvoit chargé du rôle d'Achille , Achille resembleroit à Thomas Diafoirus.

les paſſions n'empêchent pas
d'engraiſſer.

Le ſieur P. fait mieux, il s'en
tient au grotesque ; a-t'il tort ?
il y ſemble deſtiné naturelle-
ment ; ſon air, ſon maintien,
ſon jeu, tout reſpire en lui ſon
caractère. Il eſt plein d'un ridicule ingenu ; il eſt vrai qu'il n'eſt
point parfait, il eſt trop uni,
point de vivacité, toûjours le
même ton, le même geſte, il
bredouille & ne prononce que
par ſauts & par bonds. Peut-
être ce défaut qui deplairoit ailleurs, ajoûte-t'il, un nouveau ridicule a l'air groſſier de ſes perſonnages. Quoiqu'il en ſoit, il
pourra travailler à ce qui lui
manque ; mais il a raiſon de s'en
tenir à ce qui lui eſt propre.

Le ſieur le G. eſt un Acteur
excellent, il a la voix fléxible,
agreable, ſonore ; le jeu très-

methodique ; il goûte ce qu'il dit , & entre juste dans son caractere. Il exprime parfaitement la crainte & la douleur. C'est dommage qu'il n'ait point la taille plus avantageuse ; (r) il n'a que les seconds & troisiémes rôles , mais bien d'autres se font moins d'honneur dans les premiers. J'ai remarqué qu'en entrant sur le Théâtre on ne ne lui fait point ordinairement grand accüeil ; mais dès qu'il commence à parler , il est insensiblement très-goûté. Il se trouve presque toûjours chargé de récits , alors il ne manque jamais d'enlever de justes applaudissémens. En effet , il reci-te cette partie du Poëme avec tant de force & un feu si natu-

(r) Il vient de paroître dans le rôle de Pirrhus, la premiere fois avec succès ; s'il a moins réussi la seconde , on doit plûtôt s'en prendre au Confident qu'à lui-même.

rel, qu'il semble avoir été té-
moin de ce qu'il rapporte. Il
n'est point difficile de s'ajuster
à son goût, puisqu'il sçait s'a-
juster à tout. Il paroît dans le
comique avec succès, il excelle
pour les rôles d'enjoüement &
de galanterie ; mais il est trop
gai & trop indifferent pour ceux
des vrais Amans ; il n'a point
l'air inquiet & passionné.

Ainsi il ne suffit pas d'être en
general bon Acteur pour être
goûté, il faut être appliqué à
ce qui convient. Les rôles & les
Comédiens sont faits les uns
pour les autres, & les uns & les
autres ne peuvent plaire que
par la conformité qui se trouve
entr'eux. Que penseroit-on de
M^{el} B. si on ne lui eût donné
que des rôles de tendresse & de
douleur ? Son geste, l'étendüe
de sa voix, son feu, ou plûtôt

son impetuosité ; enfin tout ce qui est en elle de fort & de violent peut-il convenir à des passions douces & tranquilles ? La tendresse & les graces l'Amour peuvent-elles s'accorder avec les emportemens qui lui sont naturels ? Que deviendront Iphigenie, Andromaque, Berenice, si elles empruntent sa voix pour faire entendre leurs soûpirs ? Ainsi elle ne sera jamais estimée si elle ne trouve des rôles de fureurs. D'un autre côté, faute de cette Actrice, le Sr Longepierre a eu le chagrin de voir tomber sa Medée, & dans le tems qu'elle étoit ensevelie dans l'oubli, & qu'on n'en parloit qu'avec dégoût, cette Actrice a surmonté nos préjugés, & nous a forcé de l'admirer. Nous avons vû le contraire dans la piece des trois Specta-

cles. Quoiqu'elle se soit soûtenuë au-delà de ce que l'Auteur
en pouvoit legitimement espe-
rer, cependant elle auroit été
plus applaudie si la distribution
des personnages eût été plus ju-
dicieuse, & si l'ambition d'une
Actrice qui se piquoit d'excel-
ler en tout ne lui eût pas fait
quitter un rôle qui lui convenoit
pour en prendre un auquel elle
n'étoit point propre.

C'est ainsi que le caprice ou
la negligence des Comédiens
causent souvent dans le parta-
ge des rôles un renversement
qui les prive eux-mêmes de l'es-
time du Public, & le Public du
plaisir qu'il pourroit recevoir.
Ils devroient reformer cet abus,
de plus, étudier leurs dispositions, considerer ce que les
gens sensés en pensent, & re-
gler leur distribution sur ce ju-

gement plûtôt que fur l'amour propre. Par-là ils éviteroient un ridicule qui n'eſt que trop ordinaire à pluſieurs d'entr'eux. On ne verroit point le rôle d'un Suf-fiſant ou d'un faux Brave dans la bouche de celui qui ne ſçait repréſenter qu'un Apoticaire. D'ailleurs renfermés dans la portée & la qualité de leurs talens, il leur ſeroit plus aiſé de s'y perfectionner.

Voilà, Monſieur, à peu près comment finit la converſation de ces Mrs que nous écoutions; il avoüerent neanmoins en ſortant qu'il eſt bien plus aiſé de remarquer les défauts des Comédiens que de faire mieux; en effet, dit l'un, il faut tant de parties pour faire un parfait Acteur, même un bon, qu'il n'eſt pas ſurprenant qu'il y en ait ſi peu. Celui-ci aura de l'ame,

me, mais il manque de voix.
Un autre a tout ce qu'il faut,
mais il n'a point de repréſenta-
tion. Il faut donc raſſembler la
voix, la mine, les entrailles, le
feu, une longue pratique, une
décence naturelle, mille autres
petites qualités dont le défaut
ne ſaiſit point d'abord, mais quî
ne laiſſe point de faire un tort im-
perceptible au bon qui ſe rencontre d'ailleurs. De-là je con-
clus, ajoûta - t-il, que nous ne
devons rebuter qu'un Acteur
qui après une longue habitude
du Théâtre reſte opiniâtre dans
ſes défauts ſans acquerir aucun talent. Il faut au contraire ſupporter celui qui tra-
vaille à ſe corriger, & l'encou-
rager lorſqu'il fait bien. Mais
il ſeroit à ſouhaiter que le Public accordât ſon ſuffrage avec
plus de diſcernement, & n'ap-

plaudît qu'au merite ; ou que l'Acteur fût assés judicieux pour reconnoître le travers de tels applaudissemens, & assés modeste pour ne s'en point prévaloir. Il coûte beaucoup à quelques-uns d'entr'eux pour se former un parti, pour s'attacher une cabale ; ils feroient bien mieux de chercher des Censeurs équitables & éclairés, qui sans les flatter les instruiroient de leurs fautes,& les mettroient en état de mieux faire.

Mon Convive fut obligé de tomber d'accord de tout ce qu'il avoit entendu, & me promit d'en faire son profit. Si je croyois que vos Comédiens en voulussent faire de même, je vous permettrois de lire ma Lettre & d'en répandre des copies dans votre Caffé ; mais comme cela ne serviroit peut-

être qu'à exciter contre moi
quelque cabale qui me feroit
perdre mon utile emploi de
Souffleur, je vous prie de ne me
point commettre, & si je n'exi-
ge point le secret pour la Lettre, je vous demande du moins
beaucoup de prudence & de
discretion pour l'Auteur ; j'ai
l'esprit aussi pacifique que le
cœur, & comme je souffle, parce que je n'ai jamais eu le cou-
rage d'aller à la guerre, je me
tais parce que je n'ai pas le cou-
rage de disputer.

Avant que de finir ma Lettre, je veux vous faire part de
quelques objections qui m'ont
été faites au sujet de cette Critique que j'ai communiquée à
quelques amis sinceres. Comme ils m'en supposent l'Auteur, ils me reprochent de n'ê-
tre point entré dans le détail de

certaines minuties qui bleffent la délicateffe des perfonnes de bon goût. C'eft un frottement de nez difgracieux , un battement de mains trop fréquent , une attitude groffiere , deux pieds tournés à l'oppofite l'un de l'autre , &c. Ce font certains abus qui femblent autorifés par l'ufage , mais qui n'en font pas moins ridicules. Jamais une Actrice ne paroît fur le Théâtre fans mouchoir ou fans éventail , ce maintien choque fouvent la vrai-femblance, Electre & Andromaque qui pleurent toûjours , doivent être toûjours en difpofitions d'effuyer leurs larmes ; il n'en eft pas de même d'une Princeffe qui ne doit être affligée que vers le milieu ou la fin de la Piece. Cependant on fuppofe qu'elle preffent fa douleur, elle fe précautionne avant

la cataſtrophe , & par ſimetrie
la Confidente ſe prépare égale-
ment à ce qu'elle doit le plus
ignorer. J'ai ſouvent averti nos
Mrs de ces défauts , mais ils ſe
mocquent de moi , & traitent
tout cela de pure bagatelle , ce
ſnot des riens à la verité , mais
plus il eſt aiſé de s'en corriger,
moins ils ſont ſupportables à
ceux qui s'en apperçoivent.

D'autres trouvent qu'on a
flatté les portraits. Je vous aſſu-
re qu'ils avoient été tirés au naturel , & que bien peu de choſe
étoit échapé au pinceau ; mais
craignant qu'une cenſure vive
ne parût trop ſevere ; j'ai pris
ſoin moi - même d'en adoucir
les traits, j'ai crû la rendre plus
utile en la rendant plus flatteu-
ſe. Tel réfuſe de s'avoüer lorſqu'on lui montre ſes défauts tous
entiers , qui ſe prête au miroir

quand il degroſſit ſon image , l'a-
mour propre veut être menagé
pour devenir docile. J'ai retenu
ce conſeil d'un de vos Neolo-
gues qui eſt Poëte, Orateur &
Metaphyſicien , autant dans ſes
expreſſions que dans ſes raiſon-
nemens. On ſe plaint enfin,
qu'oubliant la plûpart des Acteurs , on ait attaqué ſurtout
les moins dignes de cenſure.
J'ai répondu que n'ayant beſoin
que d'un certain nombre d'e-
xemples pour appuyer les principes , on avoit eu raiſon de
choiſir exprès ce qu'il y a de
meilleur , & de laiſſer là une
multitude d'Acteurs froids &
inſenſibles , tels que ſont ceux
que l'on fourre partout , qui ſe
chargent de tout & ne s'acquit-
tent de rien. C'eſt aſſés en dire
que de n'en point parler. Au
ſurplus , quel ragoût pour un

Cenſeur de ne montrer que des défauts connus & ſenſibles, ſans pouvoir y joindre le moindre éloge. La critique n'a de ſel qu'autant qu'elle découvre ce qui ne frappe point, ou qu'elle demêle le vrai d'avec le faux. D'ailleurs elle n'eſt eſtimable qu'autant qu'elle peut être utile. Or ce ſeroit inſulter, & non pas remedier à leur inſuffiſance. Adieu, je ne ceſſerois point d'écrire s'il falloit vous informer de tout. En voici bien aſſés pour cette fois. Je finirai par une réflexion generale ſur les réflexions de tous ces Cenſeurs; c'eſt que s'il eſt difficile de former un bon Comédien, il ne l'eſt peut-être pas moins d'en écrire une Critique parfaite, & au goût de tout le monde.

FIN.

APPROBATION.

J'AY lû par ordre de Monseigneur le Garde des Sceaux , un Manufcrit qui a pour Titre , *Seconde Lettre du Souffleur de la Comédie de Roüen , ou Enttetiens fur les défauts de la Declamation* , & j'ai crû qu'on pouvoit en permetre l'impreffion. A Paris le 6 Juillet 1730.

MAUNOIR.

PRIVILEGE DU ROY.

LOUIS par la grace de Dieu, Roi de France & de Navarre : A nos amez & féaux Confeillers les Gens tenans nos Cours de Parlement, Maîtres des Requêtes ordinaires de notre Hôtel, Grand Confeil, Prévôt de Paris, Bailliffs, Sénéchaux , leurs Lieutenans Civils, & autres nos Jufticiers qu'il appartiendra : SALUT. Notre bien amé JEAN-FRANÇOIS TABARIE Libraire à Paris, Nous ayant fait fupplier de lui accorder nos Lettres de Permiffion pour l'impreffion d'une *Seconde Lettre du Souffleur de la Comédie de Roüen, au Garçon du Caffé, ou Entretiens fur les défauts de la Declamation* ; offrant pour cet effet de la faire imprimer en bon papier & beaux caracteres, fuivant la feuille imprim e & attachée pour modéle, fous le contre-fcel des Prefentes : Nous lui avons permis & permettons par ces Prefentes, de faire
conjointement

imprimer ladite Lettre ci - dessus specifiée
conjointement ou séparément, & autant de
fois que bon lui semblera, sur papiers & caracteres conformes à ladite feuille imprimée &
attachée sous notredit contre-scel , & de la
vendre , faire vendre & débiter partout notre
Royaume pendant le temps de trois années
consécutives , à compter du jour de la date
desdites Presentes. Faisons défenses à Libraires, Imprimeurs & autres personnes , de quelque qualité & condition qu'elles soient d'en
introduire d'impression étrangere dans aucun
lieu de notre obéissance , à la charge que ces
Presentes seront enregistrées tout au long
sur le Registre de la Communauté des Libraires & Imprimeurs de Paris dans trois mois de
la date d'icelles ; que l'impression de ce Livre
sera faite dans notre Royaume , & non ailleurs ; & que l'Impetrant se conformera en
tout aux Reglemens de la Librairie , & no-
tamment à celui du 10 Avril 1725. & qu'a-
vant que de l'exposer en vente, le Manus-
crit ou Imprimé qui aura servi de copie à
l'impression dudit Livre sera remis dans le
même état où l'Approbation y aura été don-
née ès mains de notre très-cher & féal Chevalier Garde des Sceaux de France, le Sieur
Chauvelin ; & qu'il en sera ensuite remis
deux Exemplaires dans notre Bibliothéque
publique, un dans celle de notre Château du
Louvre , & un dans celle de notredit très-
cher & feal Chevalier Garde des Sceaux de
France, le sieur Chauvelin , le tout à peine
de nullité des Présentes. Du contenu des-

quelles vous mandons & enjoignons de faire
jouïr l'Expofant ou fes ayans caufe, pleine-
ment & paifiblement, fans fouffrir qu'il leur
foit fait aucun trouble ou empêchemens :
Voulons qu'à la copie defdites Prefentes, qui
fera imprimée tout au long au commence-
ment ou à la fin dudit Livre, foi foit ajoutée
comme à l'Original : Commandons au premier notre Huiſſier ou Sergent de faire pour
l'execution d'icelles tous Actes requis & ne-
ceffaires fans demander autre permiſſion, &
nonobftant Clameur de Haro , Charte Nor-
mande, & Lettres à ce contraires : C A R tel
eft notre plaifir. D O N N E' à Compiegne le
vingt-troifiéme jour du mois de Juillet, l'an de
grace mil fept cent trente, & de notre Regne
le quinziéme. Par le Roi en fon Confeil ,
N O B L E T.

*Regiftré fur le Regiftre de la Chambre Royale des
Libraires & Imprimeurs de Paris, N° 622. fol 580. con-
formément aux anciens Reglemens confirmés par celui
du 28 Fevrier 1724. A Paris le 3 Août 1730.*

P. A. LE MERCIER, Syndic.

De l'Imprimerie D'ANDRE' KNAPEN 1730.